獻給任何一位不確定自己是否重要的人。

繪本館
你很重要
You Matter

作者：克里斯汀．羅賓遜 Christian Robinson／譯者：海狗房東／封面設計、美術編排：翁秋燕／主編：汪郁潔／責任編輯：蔡依帆／國際版權：吳玲緯／行銷：闕志勳、吳宇軒、余一霞／業務：李再星、李振東、陳美燕／總編輯：巫維珍／編輯總監：劉麗真／事業群總經理：謝至平／發行人：何飛鵬／出版：小麥田出版／115台北市南港區昆陽街16號4樓／電話：(02)2500-0888／傳真：(02)2500-1951／發行：英屬蓋曼群島商家庭傳媒股份有限公司城邦分公司／115台北市南港區昆陽街16號8樓／網址：http://www.cite.com.tw／客服專線：(02)2500-7718｜2500-7719／24小時傳真專線：(02)2500-1990｜2500-1991／服務時間：週一至週五09:30-12:00｜13:30-17:00／劃撥帳號：19863813／戶名：書虫股份有限公司／讀者服務信箱：service@readingclub.com.tw／香港發行所 城邦(香港)出版集團有限公司／香港九龍土瓜灣土瓜灣道86號順聯工業大廈6樓A室／電話：852-2508 6231／傳真：852-2578 9337／馬新發行所 城邦(馬新)出版集團 Cite (M) Sdn Bhd. 41-3, Jalan Radin Anum, Bandar Baru Sri Petaling, 57000 Kuala Lumpur, Malaysia.／電話: +6(03) 9056 3833／傳真: +6(03) 9057 6622／讀者服務信箱 :services@cite.my／麥田部落格：http:// ryefield.pixnet.net／印刷：漾格科技股份有限公司／初版：2022年2月• 初版五刷：2024年7月／售價：360元／版權所有．翻印必究／ISBN：978-626-7000-31-1／本書若有缺頁、破損、裝訂錯誤，請寄回更換。

你很重要/克里斯汀.羅賓遜(Christian Robinson)作.
-- 初版. -- 臺北市 : 小麥田出版 : 英屬蓋曼群島商家庭傳媒股份有限公司城邦分公司發行, 2022.02
面 ; 公分. -- (小麥田繪本館)
注音版
譯自 : You matter
ISBN 978-626-7000-31-1(精裝)
874.599 110018299

YOU MATTER

First published in ATHENEUM BOOKS FOR YOUNG READERS
An imprint of Simon & Schuster Children's Publishing Division
1230 Avenue of the Americas, New York, NY 10020

你很重要

克里斯汀．羅賓遜 著　海狗房東 譯

無ㄨˊ論ㄌㄨㄣˋ你ㄋㄧˇ是ㄕˋ多ㄉㄨㄛ麼ㄇㄜ˙不ㄅㄨˋ起ㄑㄧˇ眼ㄧㄢˇ的ㄉㄜ˙小ㄒㄧㄠˇ傢ㄐㄧㄚ伙ㄏㄨㄛˇ。

無論你要不要跟隨潮流。

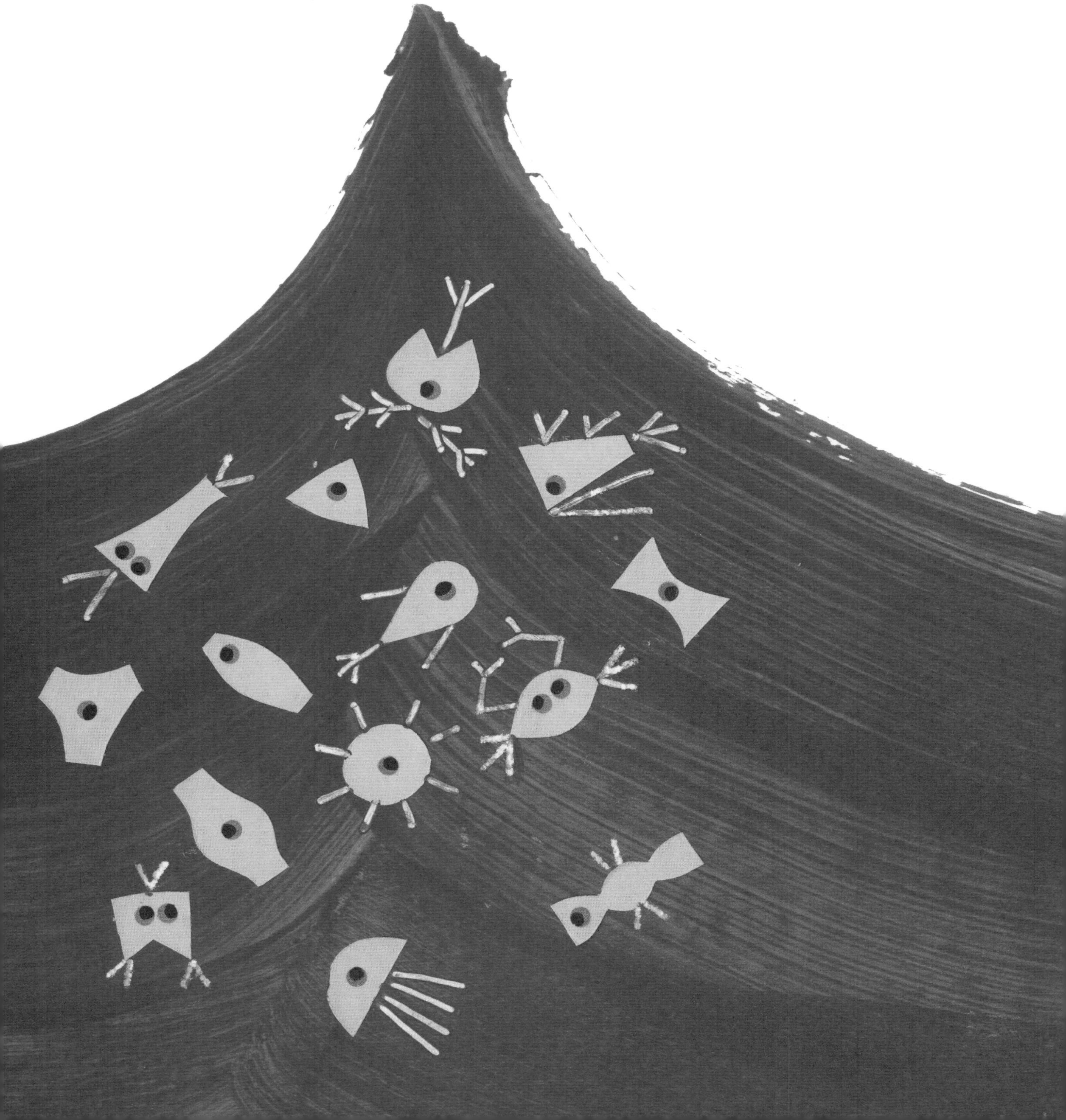

無ㄨˊ論ㄌㄨㄣˋ先ㄒㄧㄢ來ㄌㄞˊ，或ㄏㄨㄛˋ是ㄕˋ後ㄏㄡˋ到ㄉㄠˋ。

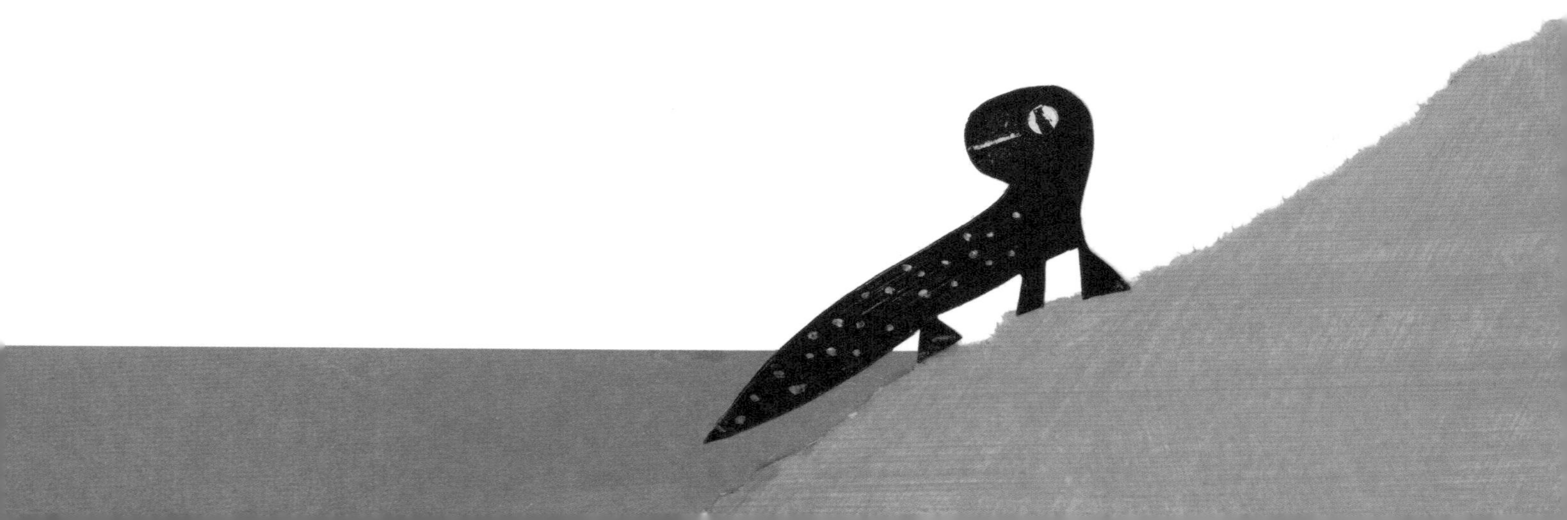

你都很重要。

就算所有人都覺得你很煩人。

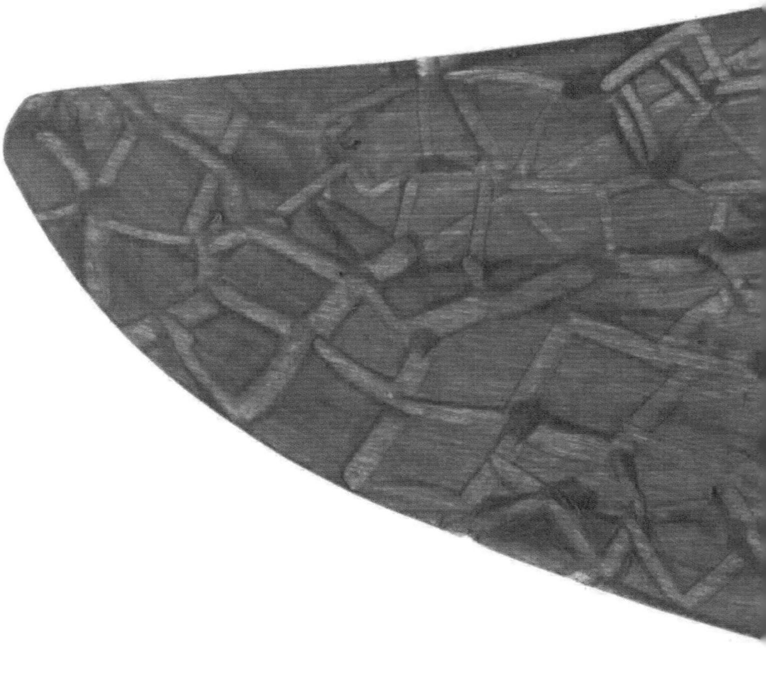

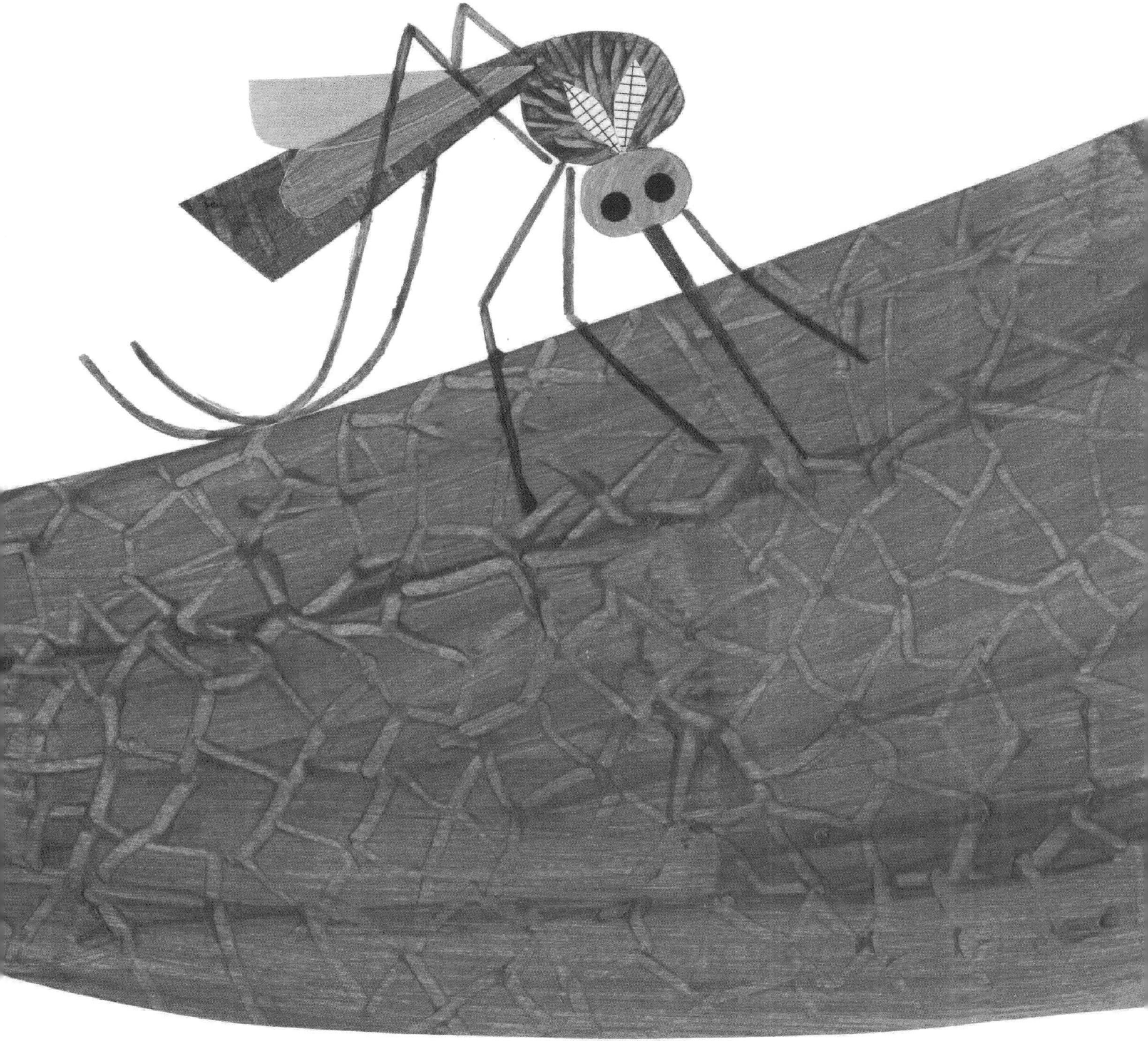

就算有些事你也無能為力。

就算所有人都沒空來幫助你。

你都很重要。

如果你墜落。

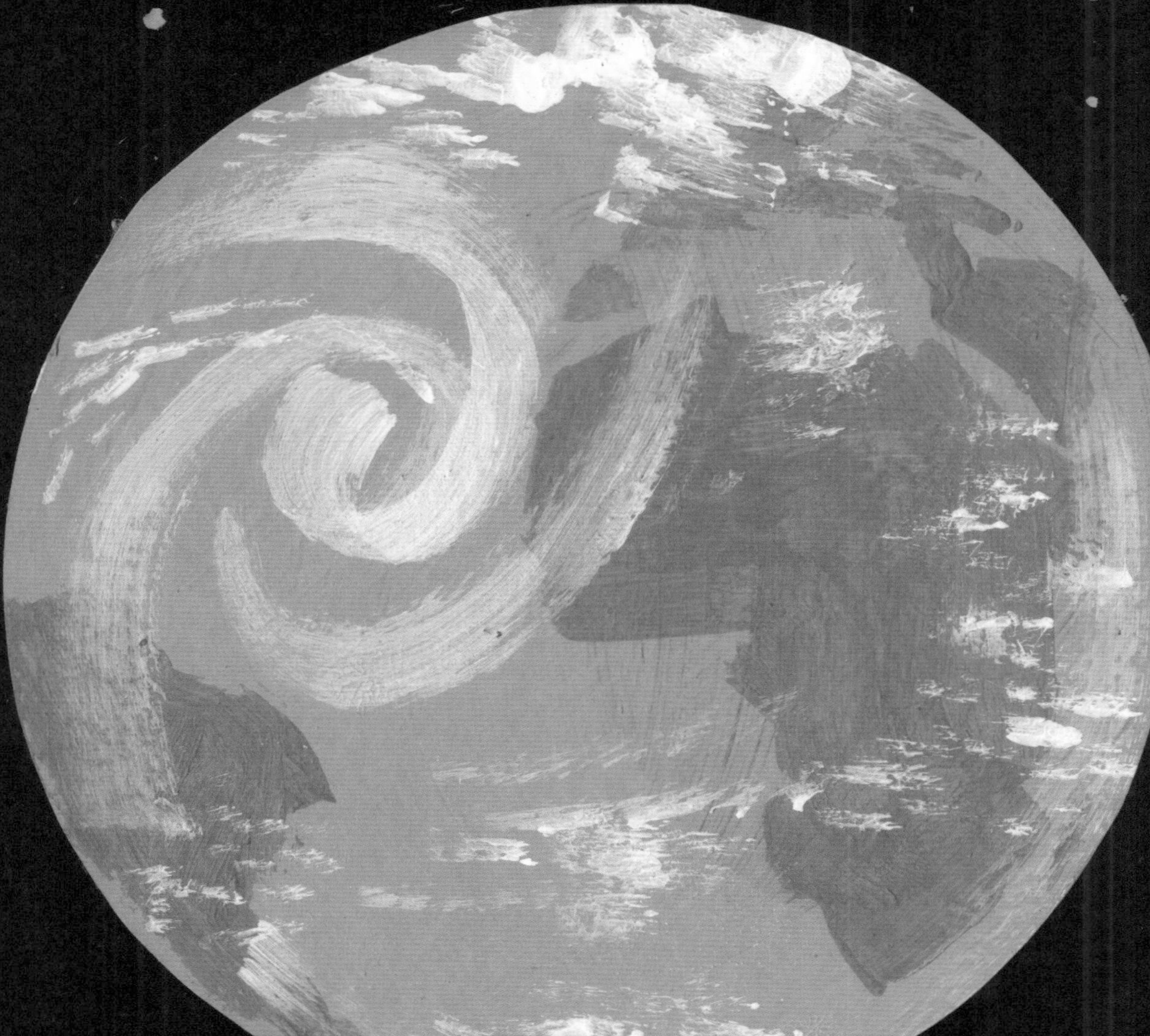

如果你必須重新開始。

如果你真的有一肚子氣。

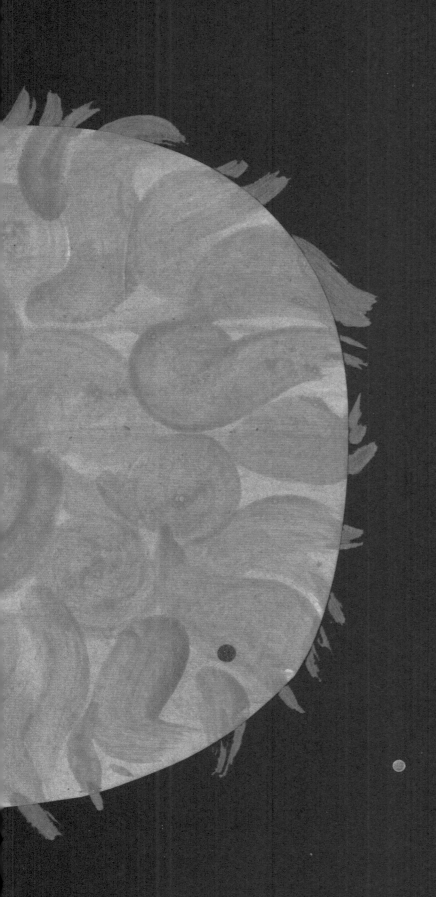

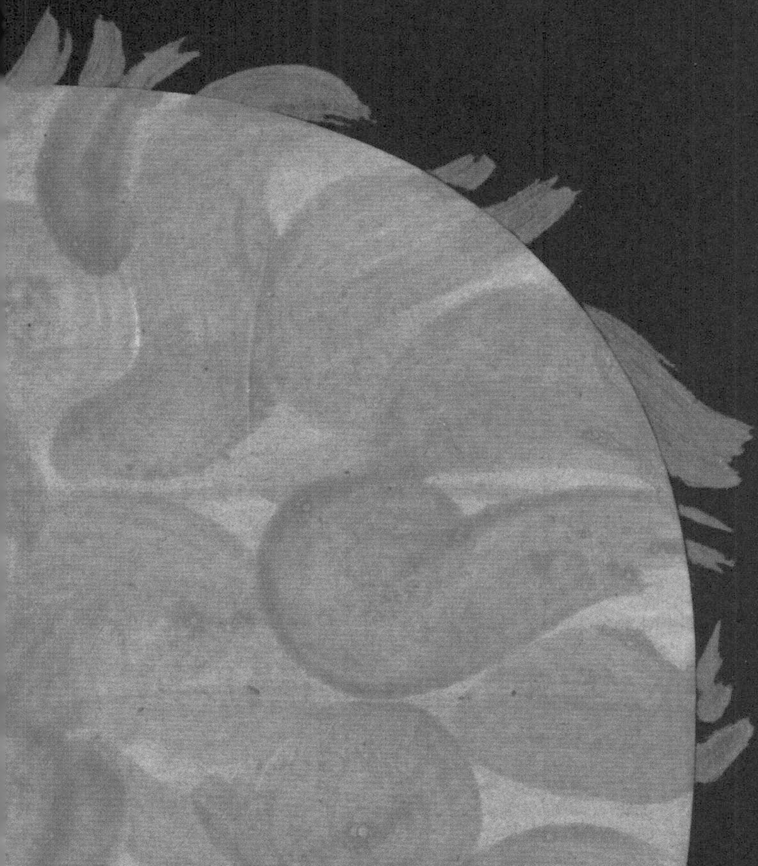

你都很重要。

有時候，家在千里之外。

有時候，你愛的人必須離開。

有時候，你覺得迷惘，而且孤單。

別忘了，你很重要。

無論年老或年輕。

無ㄨˊ論ㄌㄨㄣˋ先ㄒㄧㄢ來ㄌㄞˊ，或ㄏㄨㄛˋ是ㄕˋ後ㄏㄡˋ到ㄉㄠˋ。

無論你是多麼不起眼的小傢伙，

137 138 139 140 141 142 143 144 145 146 147 148 149 150
162 163 164 165 166 167 168 169 170 171 172 173 174 175
211 212 213 214 215 216 217 218 219 220 221 222 223 224
236 237 238 239 240 241 242 243 244 245 246 247 248 249
261 262 263 264 265 266 267 268 269 270 271 272 273 274
286 287 288 289 290 291 292 293 294 295 296 297 298 299
101 102 103 104 105
106 107 108 109 110
111 112 113 114 115
116 117 118 119 120
121 122 123 124 125
126 127 128 129 130
131 132 133 134 135
136 137 138 139 140
141 142 143 144 145